Das Herz schmerzt wenn ich durch die Straßen spazieren gehe. Ein alter Mann liegt auf der Straße. Doch die Menschen gehen an ihm vorbei. Sie sehen ihn nicht. Keiner hat sich nach ihm umgesehen. Bekomme einen Kloß im Hals. Halte es nicht mehr aus unter den Menschen.

Und dies nennt sich moderne Welt? Dies nennt sich Demokratie? Dies nennt sich Zivilisiert sein? Das Bild des alten Mannes lässt mich einfach nicht los. Kein Schlaf in Sicht, heute Nacht. Tot ist diese Kultur, wo dieser alte Mensch gestorben ist. Warum hat keiner diesen Menschen fallen sehen? Warum hat ihm keiner Aufgeholfen? Warum?

Doch zu den Reichen wird aufgesehen, zu den dummen Profisportlern. Zu den Vorgesetzten, Da ist man Gehorsam. Warum hat keiner dem Mann aufgeholfen? Die Masse unterwirft sich jeden Tag der Macht. Bei den Schwachen schaut man weg. Mord war dies. Mord der Masse. So spielt meine Geige das Lied der Tränen für diesen alten, obdachlosen Mann, heute Nacht.

Wo haben die Menschen die Liebe hin verschleppt? Wo ist sie nur abgeblieben? Ist es denn so schwer, dass Menschen sich lieben können? Ist es so schwer? Es brennt, es schmerzt wenn ich die Welt betrachte. Lieblose Augen wo immer die Seele hin wandert.

Es scheint alles wie ein Rätsel zu sein, diese vergängliche Welt. Angeblich lieben sich alle Menschen. Welch eine große Lüge. Das Teilen, die Freundschaft der Herzen ist nur noch eine Utopie, weit wohnend in anderen Sphären. Oh, Menschensohn, warum fragst du dich denn nicht, wieso all Dies?

Nur am Konsumieren die Menschen, kein Produzieren mehr wahrer Schönheit. Fabriken und Hochhäuser überragen den Himmel und sind Feind der Göttlichkeit. Nein, den Kindern hinterlassen die Menschen keine schöne Erde. Ihre Augen sehen, doch das Auge des Herzens ist erblindet.

Es scheint alles wie ein Rätsel zu sein, diese vergängliche Welt. Angeblich lieben sich alle Menschen. Welch eine große Lüge. Das Teilen, die Freundschaft der Herzen ist nur noch eine Utopie, weit wohnend in anderen Sphären. Oh, Menschensohn, warum fragst du dich denn nicht, wieso all Dies?

Warum dieses Klagen? Dein Weinen bringt ganze Berge zum Beben. Wem bist du heute so Kummervoll? Wieso ist verstummt deine schöne Stimme? Wo sind all deine Melodien hin? Es ist die Traurigkeit in dir, stimmt`s. Es sind die Menschen, stimmt´s? So wisse meine Schöne, die Menschen sind ignorant. Sie wissen nicht was wahre Schönheit ist.

Komm sprich zu mir, meine Liebste. Ja, da draußen ist es bitter kalt. Mit den Menschen da draußen zu reden ist lästig und anstrengend, ich weiß. Doch wirst du auch nicht mehr mit mir reden?

Ich versteh, du bist voller Sorge und Kummer. Menschen schauen sich nicht mehr in die Augen, sie sind einander fremd, sie sind sich Selbst fremd. Ihre Lage ist nicht mehr zu ertragen. So nieder ihre Welten. Der Brunnen ihres Gewissens ist ausgetrocknet.

Du bist mein Brot, mein großes Geheimnis. Seit meiner Kindheit, die treueste Freundin. Das Klavier in mir. Umso mehr du spielst, so versinke ich in wunderschönen Träumen. Das Klavier meiner Sehnsucht. Dir sind gewidmet alle Symphonien in diesen Büchern. Ja, deine Töne klingen traurig wie mein Herz. Wir sind Seelenverwandte. Die Sehnsucht, eines Tages zu dir zu finden, lässt den Stift schreiben, im Hintergrund deine Töne des Klaviers.

Du bist die Stimme in mir. Die selige Traurigkeit. Dir soll es immer gut gehen, dich schütze ich wie mein größter Schatz. Die Menschen haben vergessen zu lächeln, mein liebes Klavier. Die Menschen sind Undankbar. Sie verhöhnen die schönen Geister und folgen den bösen Wesen. In ihren Häusern ist Streit und Zank an der Tagesordnung. Sie kennen die Liebe nicht.

Vorwort

Es hätte alles so schön werden können. Spielplätze für alle Kinder der Welt. Alle Menschen haben genug zu essen und ein Dach über dem Kopf. Doch die Gebete der Menschen werden vom liebenden Schöpfergott nicht mehr erhört. Es hätte alles so schön werden können. Der Mensch hat es nicht geschafft *„zur Liebe zu werden."* Die Poesie und die Dichtungen sind traurig davon gezogen, in ferne Welten wo sie ihre Liebesgeschichten nun ausleben dürfen. Die Gedichte, die Lieder der Hunde und Katzen sind voller Kummer und Traurigkeit. Die Masse lebt noch immer auf der niedrigsten Ebene. Sie hat keine Ahnung von den Mysterien der Liebe, von den Romanen dieser Welt. Sie wälzt sich weiter im Schlamm. Es sind die Liebenden, jene mit feinfühlender Intelligenz die Leiden um die Menschen. Die Herde redet sehr viel, doch weiß keiner Bescheid. Soll ich nun in meiner Stube weinen um die Menschen oder nicht? Zu Lebzeiten haben sie uns Liebenden verhöhnt und verspottet. Das Auge tränt obwohl der Verstand dies nicht möchte. Zu schwer, die Narben, die sie einem antaten.

„Das Herz versteht, was die Lippen nicht aussprechen und die Ohren nicht hören können."

Jesus Menschensohn

Spazieren gehen wir mit meinem Hund, der Blick bei den Menschen draußen. Wir haben uns alle gegenseitig umgebracht in vergangener Zeit. Gefühle sind wie Ausgestorben. Eine Gesellschaft in der Streit und Lärm nicht zu kurz kommen. Das einzige was Gerecht verteilt zu sein scheint sind unsere langen Gesichter, die Leichenartig sind.

Nein, nichts scheint uns mehr glücklich zu machen, oder wir haben keine Zeit mehr um uns der Liebe zu widmen. Das Materielle hat uns bestiegen. Vorurteile zerstörten unsere Gabe zu sehen. Die dunklen Mächte haben leider diesen Kampf gewonnen. Die Mutter Erde schämt sich für die Menschen. Sie haben es mir gestern Nacht erzählt, in Romansprache. Sie möchte mit den Menschen nichts mehr zu tun haben.

„Ich weiß, dass Er über die Liebe sprach, denn seine Sprache war eine sanfte Melodie."

Khalil Gibran

Sie wollen, dass wir uns für unsere Armut schämen, doch nein. Es ist unser *schönstes Kleid.* Ja, dieses Land ist mein Zuhause, dies hier ist meine Heimat, auch wenn ich hier manchmal wie Dreck behandelt werde. Weh dem der keine Heimat hat, doch hier Blüht das Herz auf.

Manche versuchen mir die Heimat fremd zu machen, indem sie mich zum Fremden erklären. Aber dies wird nicht funktionieren. Sie wollen mir künstliche Identitäten geben. Sie wollen nur die Identität des Fremden sehen. Sie reduzieren mich zum Fremden. Sie brauchen einen Stempel der Fremdheit, den sie mir auf die Stirn drücken können. Sie sind Terroristen des schönen Lebens. Dass, wir in Deutschland geboren wurden, interessierte sie nicht. Wir sind Heimisch, mehr als Sie.

„Ich gehe gerne durch den Regen, damit mich niemand weinen sehen kann."

Charlie Chaplin

Den Unterdrückten bieten die Engel Schutz, denn die Liebe lässt uns nicht im Stich. Der *Hilfeschrei der Armen* in meinem Kopf, wie lange wird diese Welt sich auf diese unmenschliche Art weiter drehen? Zu den lebendigen Toten gehören alle, die mit der gegenwärtigen Situation der Welt zufrieden sind und ignorant sind. Doch die Armen sind nur scheinbar vergessen. Das Urteil der Liebe wird für sie sprechen und die habgierigen im Geiste werden zur Rechenschaft gezogen werden. Sie lachen spöttisch über die Armen, die Reichen. *Doch bald, ganz bald……. Wenn ich es doch nur in Worte fassen könnte, doch bald, ganz bald……*

„Wer Gott gehorcht, kümmert sich um das Wohl der Tiere.
Wer Gott missachtet, hat kein Herz für sie.“

Sprichwörter 12.13

Liebster Herr,

so zeige dich, gib uns ein Zeichen. Nächte der Qual lassen uns nicht schlafen. Nächte voller Qual lassen dieses Buch schreiben. Wo bist du nur? Vergiss nicht die Schwachen, nimm sie in Schutz. Die habgierigen Schurken missachten deine Gesetze der Liebe.

„Doch als Er am Kreuze starb, da starb er als ein König."

Khalil Gibran

Wieso Oh, liebster Herr. Wieso sind Worte einiger Menschen wie Messerstiche ins Herz? Wieso bringen Wörter *schöner* Menschen *Heilung*?

Die Narren reden viel. Sie kennen die Stille nicht. Die Klugen halten mit ihrem Wissen zurück.

Der Reiche kann sich sein Leben freikaufen, doch den Armen kann man nicht erpressen. Er dreht nicht ab von seinem Weg. Wer die Schwachen ausbeutet und sich an ihnen Bereichert, der beleidigt den Schöpfer. Um jeden Preis möchte die Herde reich werden, verkauft sind ihre Seelen an die dunklen Mächte.

„Hör auf mich mein Sohn. Sei vernünftig und bleib auf dem geraden Weg. Halte dich fern von denen, die sich mit Wein vollaufen lassen und ihren Bauch mit Fleisch vollstopfen. Der Säufer und Schlemmer wird faul und hat schließlich nur noch Lumpen am Leib.“

Die Bibel, Sprichwörter

Die *Indigo Kinder* sind jede Sekunde in einem schöpferischen Zustand, und dieser Zustand hat nichts mit einem Glaubenssystem oder Dogma zu tun. Die Menschen gehen in die Kirche oder in die Moschee und beten dieses oder jedes an, doch sind sie noch lange keine religiösen Menschen, auch wenn die Gesellschaft sie vielleicht als solche betrachtet. Erst die völlige Zerstörung des Alten und Bekannten macht einen Menschen zu einem religiösen Menschen. In dieser Schöpfung liegt eine Schönheit, die nicht vom Menschen geschaffen wurde.

„Denn der Mund spricht nur aus, was das Herz erfüllt.“

Matthäus

Wer die Macht hat, der Bestimmt in eurer Welt. So nennt man eure *Leitkultur*. Was schwach ist hat keinen Wert. Wenn ein Reicher einen Fehler macht, helfen ihm viele. Wenn der Reiche Unsinn redet, schweigen alle und loben seine Reden bis in den Himmel. Doch wenn der Arme redet wird er verstoßen und ignoriert. Wenn der Arme schöne Dichtungen schreibt, hört keiner hin und deswegen leben die Menschen im geistigen Elend in Deutschland.

„Mein Tempel soll eine Stätte sein, an der man zu mir beten kann. Ihr aber habt eine Räuberhöhle daraus gemacht."

Jesus von Nazareth

Die dunkle Masse, die den dunklen Energien sich gewidmet hat, bildet die Mehrheit der Menschheit. Sie bilden die Neunzig Prozent. So muss ich mich von ihnen trennen um meine geistige Gesundheit zu bewahren. Sie sind dem Lichte Feind. Die Menge identifiziert sich mit der Masse, deswegen ihre Sicht benebelt.

„Nehmt euch in Acht vor den Gesetzeslehrern. Sie zeigen sich gern in ihren Talaren und lassen sich auf der Straße respektvoll grüßen. Beim Gottesdienst sitzen sie in der ersten Reihe, und bei Festmählern nehmen sie die Ehrenplätze ein. Sie sprechen lange Gebete, um einen guten Eindruck zu machen, in Wahrheit aber sind sie Betrüger, die hilflose Witwen um ihren Besitz bringen. Sie werden einmal besonders streng bestraft."

Jesus von Nazareth

Die Welt ist krank mit all ihren Strukturen und herrschenden Denksystemen. Die Masse ignoriert das Krank sein und widmet sich weiterhin der Materie. Ihre Gedanken und Handlungen haben diese Welt erkranken lassen, und sie missachten alle Indigo Kinder, jene die ihnen den Weg zur Liebe öffnen möchten. Ihr wollt uns Indigo Kindern einfach nicht zuhören, so bleibt ihr weiter stecken im Elend, und dies Heute sind noch eure guten Tage.

„Der Herr sagt, die wenigen, die noch das Recht achten und mir die Treue halten, gehen zugrunde, und niemand bemerkt es. Sie kommen um, und keiner kümmert sich darum. Aber ich nehme sie hinweg, damit sie nicht länger unter der Gewalt des Unrechts leiden müssen. Sie gehen ein in meinen Frieden, die ewige Ruhe wird ihnen zuteil. Das ist der Lohn ihrer Treue.“

Jesaja, 57

Meckern, dies tun alle hierzulande. Aber ein echter Revolutionär auf der geistigen Ebene zu sein, heißt, alle selbst geschaffenen oder von anderen aufgezwungenen Muster zu verneinen. Dies bedeutet absolute Freiheit. Überall auf der Welt werden die Menschen seit Jahrtausenden auf bestimmte Glaubenssysteme und Vorstellungen konditioniert.

Doch das Leben ist ständig in Bewegung. Warum leben die Menschen überall auf der Welt nach vorgegebenen Formeln und Konzepten? So dreht sich immer wieder nur das gleiche Rad und der Regenbogen bleibt in der Ferne.

„Wissen sie was ich mit Liebe meine? Einfach ohne jeden Grund freundlich zu sein, großzügig zu sein, mitfühlend zu sein. Die Hässlichkeit der Großstädte zu fühlen, die Armut der Menschen zu fühlen und darüber zu weinen, und nicht über ihre eigene kleine bedauernswerte Familie, sondern über das ganze Chaos dieser Welt zu weinen."

Jiddu Krishnamurti

Das Fühlen ging verloren, weil die Menschen so angeblich schlau und gerissen geworden sind. Das gesellschaftliche Chaos existiert, weil im Leben der Masse Chaos herrscht. Ich sehe mich um und sehe meistens das Gleiche. Die Hände der Menschen hart und brutal, dass sie keinen Baum berühren können. Sie sehen den Himmel und die Schönheit eines Sonnenuntergangs nicht mehr. Nein, von aller Moral ist diese Gesellschaft fern.

„Jedes Schaf soll zu seinem Recht kommen."

Ezechiel

Der Mensch ernährt sich von Korruption ob auf großer oder kleiner Ebene. Sein Denken von Gestern hat das elendige Heute erschaffen auf der Welt. Die Großstädte fördern die Gewalt und Korruption. Wo das Selbst ist, kann keine Schönheit sein, wo Eigeninteresse ist, kann keine Liebe sein. Und Liebe und Schönheit gehen Hand in Hand.

Wenn sie ihre Kinder liebten, gäbe es dann Kriege? Kann Liebe existieren, wo Ehrgeiz herrscht?

„Heutzutage ist aus Yoga etwas geworden, was vermarktet wird wie alles andere. Überall auf der Welt gibt es Yoga Lehrer. Und sie machen Geld, wie üblich. Doch früher, so wurde mir von Leuten gesagt, die sehr viel über diese Dinge wissen, wurden nur sehr wenige auserwählte Menschen in Yoga unterrichtet. Heutzutage ist Yoga sehr oberflächlich und mittelmäßig geworden und zu einer Einnahmequelle geworden. Die höchste Form des Yoga sollte nicht den oberflächlich Interessierten gelehrt werden.“

Jiddu Krishnamurti

Die Welt ist voll von rücksichtslosen Machtmenschen, den Zeitungen, den Politikern den Gurus und Priestern. Diese Leute impfen uns Schuldgefühle ein, sie greifen zuerst an, und dann muss man sich verteidigen. Das ist das Spiel der Herzlosen Menschen.

Wenn Liebe da wäre, würden die Menschen niemals ein anderes Wesen töten, niemals. Sie würden niemals ein Tier töten, um es zu essen.

„Nach dem nächsten europäischen Kriege wird man mich verstehen."

Friedrich Nietzsche

Ich denke für euch vor, die Religion des Künstlichen des Mechanischen wird uns für immer Zerstören. Bald werden wir umfallen wie die Fliegen auf den Straßen. Sie werden die Weltbevölkerung schrumpfen lassen. Weil die Masse den dunklen Energien Macht über sie gegeben hat, wird uns ein dunkles Schicksal erwarten.

Ja, ich habe mich selbst zerstört, für euch. Ich habe eure Sünden und Fehler auf mich genommen. So sehr liebte ich euch. Euer Dank war Spott und Speichel.

„Dumme Menschen stellen die Frage nach Gott. Ein intelligenter Mensch stellt die Frage nach dem Tod. Leute, die immer nach Gott suchen, werden Gott niemals finden."

Osho

Die Wahrheit wird in diesem Land leider nie belohnt. Im Gegenteil, die Wahrheit wird bestraft, in tausendfacher Weise. So verließ ich mein Haus um auf *Wanderung* zu gehen.

Solange Tiere geschlachtet werden auf diesem Planeten wird es keine Schönheit geben. Der Westen lebt eine Tragödie.

„Solange es Schlachthöfe gibt, wird es Schlachtfelder geben," so sagte Tolstoi.

Das westliche Denken folgt Aristoteles. So eine Eile hier im Westen. Geschwindigkeit ist eine Manie, immer schneller und schneller. Immer schnellere Verkehrsmittel werden erfunden. So schneller das Leid. Der Westen verwestlicht den Osten immer mehr und die Tragödie nimmt ihren Lauf.

„Die Menschen haben Angst vor Rosen, sie schauen sich nicht einmal an. Oder falls sie doch den Wunsch verspüren, kaufen sie sich Plastikblumen."

Osho

So fraget nie, für wen die Totenglocke läutet. Sie läutet für dich, für jeden. Wir sind alle für das Elend im mittleren Osten und in Afrika und an vielen anderen Orten zuständig. Die Masse der Menschen auf dieser Welt scheint sich überhaupt nicht dies Bewusst zu sein.

Die Schulen hierzulande sind dafür zuständig, dass unsere Kinder gewalttätig werden. Die Gesellschaft basiert auf Konkurrenz und Rücksichtslosigkeit. Konkurrenzdenken zerstört die Welt. Die Welt wird zunehmend von Konkurrenzdenken beherrscht, wird immer aggressiver.

„Wohin entfernst du dich, mein Frühling, wohin? Wohin gehst du, Blüte unseres ersten Frühlings, wohin? Wirst du nicht mehr zurückkehren?

Khalil Gibran

Angekommen im letzten Abschnitt der Menschheit. Das Chaos wütet draußen, Menschen sind zu Zombies geworden, sie streiten sich um Nahrung. *Für Geld hat der Mensch sein Leben verkauft.*

Er hat Gott verkauft und betrogen. Sie nennen das Leben wie wir heute schön, sie lügen. Es ist eine Hölle für die schönen Seelen. Je mehr Reichtum, umso mehr Diebstahl.

„Nehmt mich jetzt gefangen, doch seht zu, dass euer Käfig groß genug ist für meine Flügel."

Jesus Menschensohn

Das Gegenteil vom Göttlichen regiert die Welt. Sie haben es auf das Göttliche abgesehen. Man kann es beobachten, draußen auf den Straßen. Alle schönen Seelen und ihre Werke möchte man in ihrer Welt nicht haben.

Der Kampf der Dunkelheit gegen das Licht ist die Geschichte der Welt. Das Dunkle bildet die Masse. Die Dämonen in ihnen wollen die Schönheit zerstören. So ist der einzige Kampf auf der Welt, das Göttliche gegen die dunklen Dämonen. Diese Dämonen sind bei uns in der Nähe. Sie sind in der Nachbarschaft, im Sportverein, der Arzt, die Lehrer, die Beamten. Sie dienen alle der Dunkelheit. Sie haben keine Seelen.

„Die jungen Leute können die Welt nicht mehr retten, diese Welt kann nicht mehr gerettet werden, die Vorstellung vom Heil ist nur eine falsche Vorstellung, und wir müssen unsere unzähligen Fehler bezahlen, es ist zu spät."

Albert Caraco

Jeder Mensch, der eine Seele hat wird bekämpft von den dunklen Geistern hier auf der Welt. So war es seid Menschen Denken.

Umso schöner eine Seele, desto größer die Diskriminierung. Die Masse möchte die ganze Menschheit versklaven. Dies ist ihr Ziel. Die Menschheit soll massiv reduziert werden. Es werden Menschen in der Zukunft umfliegen wie die Fliegen.

„Die Glücklichsten werden kämpfend sterben und die Elendsten zusammengepfercht in den Kellern, oder sich in den Feuersbrünsten paarend, um den Todeskampf mit Hilfe des Orgasmus zu verkürzen."

Albert Caraco

Die *Tiere* sind hier auf der Welt um uns Menschen das *Lieben* zu lehren, doch wir haben sie verraten. Wir töten sie lieber um sie dann zu verschlingen. Die dunklen Seelen haben keine Verbindung zu den Tieren, die Gott verkörpern. Doch eines sollte der Mensch wissen.

Solange die Tiere leiden, solange werden die Menschen leiden. Alles Leid findet zu ihnen und ihren Familien zurück. Solange die Tiere in Massentierhaltungen versklavt werden, solange werden die Menschen versklavt bleiben. Das Schicksal der Tiere hängt zusammen mit den Menschen und wie die Welt weiter gehen wird.

Das Leben wird die Menschen weiterhin schlecht behandeln, genau wie die Menschen die Tiere behandelten. Es wird noch Millionen von Leben dauern, bis die Masse dies verstehen wird. Solange das Leid der Tiere nicht aufhört, wird der Mensch weiterhin auf der niedrigsten, dunkelsten Stufe weiter leben.

„In Wahrheit erhalten wir die gerechte Strafe dafür, die Welt nicht neu überdacht zu haben, die Welt entgleitet uns zu der Stunde, da wir sie vermenschlichen."

Albert Caraco

Die Worte der *Liebenden* und *schönen* Seelen nicht angehört. Nun ist nichts mehr zu machen für die Masse. Sie möchte im Dunkeln untergehen. Das Tal der Dunkelheit, das Tal der Tränen wartet auf euch, auf uns.

Die Flut wird kommen, sehr bald. Das Massensterben wartet auf uns durch die Massenbestrahlungen der dunklen Mächte. Seuchen und Krankheiten werden kommen. Doch alles unterläuft einem göttlichen Plan. Die Materiellen Menschen werden sehr leiden müssen. Die schönen Seelen wissen, dass alles aus Liebe geschehen wird. Massive Überflutungen warten auf uns. Das Schicksal ist besiegelt.

„Es ist nicht gut, zu früh recht zu haben in einer Welt, in der wir nicht immer Zeitgenossen voneinander sind, es ist nicht gut, zu früh Recht zu haben und schmählich daran zu sterben."

Albert Caraco

Neid und Missgunst haben uns in diese Lage gebracht. Dies sind alles dunkle Eigenschaften. So ist keine Rettung möglich. Dunkelheit kann Licht nicht ertragen, das Harte kann *Blumen* nicht ertragen, so hasst die Masse die feinen, zarten Seelen.

Nichts hassen sie mehr, wie die *feinfühligen* Menschen. Sie sind ein Dorn in ihren Augen und für ihr unmenschliches System.

„Keiner hat uns die Wahrheit gesagt, die Wahrheit hat keine Verteidiger mehr auf Erden, sie ist zu schwierig zu begreifen, und die, die sie durchdringen, werden immer weniger werden."

Albert Caraco

Das Geschrei der Blinden ist laut. Mit offenen Augen können die liebenden Seelen sehen. Den universellen Geist und ihre Melodien können die Blinden nicht wahrnehmen.

„Es ist bereits zu spät, der Strudel hat uns erfaßt, wir werden dem, was uns fortreißt, nicht entkommen, und wir sind uns unserer Verdammnis gewiß."

Albert Caraco

Deine Schönheit weckte meinen Geist. Tage und Nächte vergingen ab dem Tag als wir uns sahen, wie Hochzeiten. Das Schöne zu verehren wurde zum Gebet. Deine Zuneigung diesem armen Manne ließ mich die Geheimnisse des Lebens ahnen. Deines waren die ersten Verse, die ich sang. Die Dichtung des wahren Lebens. Dein Zauber verwundete das Herz.

Das ganze Wesen voller Zittern. Das Herz wurde geweitet, ein neues Wesen erstrahlte. Tränen nahm ich in Kauf. Der Einsamkeit wurde Poesie verliehen und ich wurde zum Dichter. Stumme Nächte wurden voller schöner Melodien.

So schreibe ich die Tragödien des Lebens nieder in diesen Büchern. Ehrfürchtig der Stift wenn es um die Liebe geht, er lässt seinen Kopf hängen. Das schweigende Geheimnis im Herzen dieser Erde soll mein Zeuge sein.

„All das heute ist das Resultat unserer Habgier, unseres Ehrgeizes und Konkurrenzdenkens, unserer Anbetung des Erfolgs, sich durchzusetzen, unserer Rücksichtslosigkeit.“

Jiddu Krishnamurti

Viele wurden leider tot geboren. Man kann es an ihrer Aura und in den Augen sehen. Welch dunkles Schicksal sie doch nur haben. Sie sind die Könige der Finsternis. Gefangen sind ihre Körper hier auf dieser Welt. Ihr einziges Erstreben ist es das Licht zu manipulieren, die Blumen umzubringen.

Deswegen ihr Hass auf meine Bücher. Sie sind mächtig und sind Herrscher dieser Welt. Eine Beklemmung in mir wenn ich an ihre Gesichter denke. Sie foltern meinen Geist jeden Tag. Meistens ziehe ich mich vor ihnen in die Einsamkeit zurück. Es heißt, dass die Einsamkeit die Schwester der Traurigkeit sei, wie seine Vertraute schöpferischer Tätigkeit.

Über diese Welt nachzudenken, ganz tief, bereitet Schmerzen. Deswegen betäuben sich die meisten Menschen mit Unterhaltung und Drogen. Sie sind zu schwach. Die Wege der Menschen waren wie Labyrinthe wo man nicht mehr raus kam. Die Höhlen ihrer Gesetze und Traditionen ohne Licht.

„Wenn sie so klar sehen, wie Drogen ihr Gehirn, ihre Empfindungsfähigkeit und die Feinheiten in ihrem Leben zerstören, warum lassen sie es dann nicht?"

Jiddu Krishnamurti

Die Erde vertraut dem Himmel die *Mutter Natur* an. Die Blumen und Hunde sind wie *Himmelsbräute*, die Mutter Natur den Dichtern schickte.

In das Leichentuch meine Herzens sind alle Liebesgeschichten versteckt. Jene die ich erleben durfte. Tief in meiner *Seele* begraben. Sie sind der höchste Schatz in diesem Leben, mehr besitzt dieser arme Junge nicht. Ja, ich kam in diese Welt um sie wieder eines Tages zu verlassen, Schaden oder Unrecht wollte ich niemandem.

Doch man wollte die Liebe in mir zerstören, das Licht, dies konnte ich nicht akzeptieren. In die Tiefen der Seelen zu sehen, meine Gabe. Licht zu spenden. Geister von Dunkelheit zu befreien. Doch wie klar kommen, wenn die Masse jene Dunkelheit über alles Liebt?

„Das Wort Disziplin bedeutet lernen. Ein Schüler ist jemand, der lernt, kein Jasager, keiner der einfach gehorcht. Er ist ein Mensch, der ständig lernt. Und wenn das Lernen aufhört und nur noch zu einer Ansammlung von Wissen wird, beginnt die Unordnung."

Jiddu Krishnamurti

Das letzte Kapitel der Menschheit ist in den Augen der Menschen ohne Seele zu sehen. Nur *melancholische* Augen wissen um die wahre Essenz des Lebens. Die Schönheit besitzt eine *himmlische* Sprache, die nicht in Worte zu fassen ist.

Sie ist bei traurigen Geistern zuhause. Es ist die ewige Sprache, die alle menschlichen Sprachen vereint. Die munteren Lieder werden in dieser Stille gespielt. Die Schönheit ist eben ein Geheimnis. Nur die Liebe erhöht die Seele zu erhabenen Höhen.

„Deshalb suchen sie in dem Anderen, der seine Menschlichkeit offen nach außen trägt, ein Feindbild und finden so einen Weg, die eigene abgelehnte Menschlichkeit weiter zu bekämpfen."

Arno Gruen

Der Teufel liebt es sich als Engel den Menschen zu zeigen. So schaut euch die Machtbesessenen Menschen an auf der Welt, denen ihr Gehorsam seid, freiwillig, aus freien Stücken. Sie tragen schicke Klamotten, fahren große Autos, wohnen in schönen Villen, sind Profisportler und Musiker.

Doch ihre Seelen dienen der Dunkelheit. Sie haben sich verkauft diesem unmenschlichen System. Ihr denkt, sie seien Engel, doch sie haben einen Auftrag. Die schöne Seele des Menschen zu verdunkeln.

„Tanze so wild, dass der Tänzer verschwindet und nur noch der Tanz bleibt.“

Osho

Die Boshaftigkeit der Masse ist an manchen Tagen sehr schwer zu ertragen. Vor dem Teufel habe ich keine Angst. Die Kälte, die Ignoranz der Menschen ist die größte Plage hier auf Erden. Sie greifen uns liebenden Seelen an jeden Tag, doch sind sie gehorsam den mächtigen Parasiten in dieser Gesellschaft. Was soll man ihnen noch sagen?

Sie werden es niemals verstehen. Ihre Dummheit ist nicht zu ertragen. In dieser Welt mit diesen Menschen leben zu müssen ist das schwerste Los. Die größten Monster sind die Menschen selbst.

„Schau mein Herz an. Es wurde durch den Wunsch zerstört, dein schönes Gesicht zu sehen."

Rumi, Divan-i Kebir

Die Menschen entfernten sich vom Göttlichen. Sie töten die Tiere. Die Masse der Menschen sind Monster. Sie fressen ihre Brüder und Schwestern. Kein Mitgefühl mehr. Wenn man ihnen die Wahrheit sagt, dann verhöhnen sie dich. Jeden Tag muss ich mich beherrschen um nicht auf diese Menschen los zu gehen. Denn sie möchten meinen Geist verdunkeln.

Sie möchten, dass wir Gewalttätig werden, damit sie uns zum Täter machen können. Doch umso tiefer die Menschheit schläft, umso lauter wird der Knall werden. Umso mehr werden sie leiden müssen.

Das Leid all der Tiere, die sie gefressen haben wird zu ihnen zurück finden. Doch die Masse kann nicht mehr aufwachen, weil es zu spät ist. Sie stehen unter Kontrolle. Zu Robotern sind sie geworden. Die Liebenden leiden in dieser Welt aufgrund dem Verhalten der Masse. Die Masse merkt das gar nicht, da sie tote Herzen haben.

„Der Glanz seiner unvergleichlichen Worte hinterlässt die Weisen verlegen zurück."

Rumi, Divan-i Kebir

Ihr redet in euren dunklen Stuben über mich. Ihr sagt, dass ich euch nicht lieben würde und immer Kritisch über euch schreibe. Doch ihr habt es nicht verstanden. So ist mein Schicksal, euer Kreuz. Ihr denkt, ich würde euch nicht lieben, da ihr nur die selbstsüchtige Liebe kennt, könnt ihr die Worte welche von meiner traurigen Feder stammen nicht verstehen. Doch gewaltig irrt ihr.

Burak liebt euch, doch nicht in der Art wie ihr es versteht. Burak liebt den Pfad der Befreiung, der Freiheit, der Freude und der seligen Traurigkeit. Weil er Schönheit erfahren hat, lächelt er oft. Er liebt alle Wesen. Er möchte euch allen den Pfad der Befreiung nahebringen, damit ihr auch zu den Blumen finden könnt.

Wenn ihr ihn doch nur verstehen würdet? Wüsstet, ihr zu lieben wie er, dann wäre eure Welt ein Paradies voller Schönheiten. Doch ihr möchtet nicht wie er werden. Stattdessen legt ihr diesem Wesen voller Licht Steine in den Weg.

Burak ist wie ein leichter, frischer Wind, und euer Erstreben ist es ihn einzufangen und ihn zu beseitigen. Damit eure verstörende Welt weiter so bestialisch funktionieren kann. Er ist ein Dorn in euren Augen. Es müssen die Dornen der schönsten Rosen sein. Doch zu schwer die Last für euch wie er zu werden, voller Dichtung und Poesie in den Augen.

„Wenn sie fliegen, kümmern sie sich nicht um Worte.“

Rumi, Divan-i Kebir

Warum denn Zeit verlieren mit sinnlosem Jagen nach Geld? Sind denn *schöne Gedichte* nicht reich genug? So gehe ich spazieren alleine in der Stadt mit vielen Fragen im Kopf. Alleine in der Stadt, von den anderen Menschen schon längst begraben.

Meine Bücher sind zu überlegen ihren dunklen Welten. Seht ihr denn nicht, eure Häuser sind voll eingerichtet, die Tische sind voll gedeckt. Doch die Mauern der Herzen starren vor Kälte. Es dringt kein Leben in des Massen Herzen.

„Ich war im Grabe meiner selbst begraben und begann zu verfaulen. Als du mich besuchen kamst, erhob ich meinen Kopf und kletterte aus meinem Grab."

Rumi, Divan-i Kebir

Mein Mund und Stift leben für das funkelnde Wort, wie ein glänzender Stern. Meine Lippen sind da für einen Kuss und meine Hände um zärtlich und sanft zu sein, doch niemand hier um zu teilen. Wieso sind zu, die Augen der Menschen? Wieso schmecken ihre Worte so bitter? In ihrer Sprache ist Spaltung und *Fremdenhass* zu spüren. Wieso sind ihre Herzen vertrocknet?

„Was kann ich tun? Ob tot oder lebendig, wo immer du bist, da bin ich.“

Rumi, Divan-i Kebir

Heute spiele ich den Clown für die Menschen. Das Klavier spielt eine freudige Ballade, doch das Herz weint innerlich. Im Herzen weinend und dennoch lachend spiele ich auf dem Klavier für die Kinder der Welt um ihre Tränen des Herzens zu heilen.

Wie gerne würde ich all ihre Schmerzen und ihren kummervollen Blick auf mich nehmen. Die älteren Generationen lassen die Kinder leiden, sie müssen arbeiten in elenden Verhältnissen für die reichen Zivilisationen. Im Reichtum dieser Zivilisationen, steckt ihr Recht.

So spiele mein *Klavier* das Lied der Gerechtigkeit. Das Lied soll handeln von Armen die in die Häuser der Reichen eindringen um sich ihr Recht zu holen.

„Ich beisse auf meine Hände, wenn ich deine süssen Lippen nicht spüre."

Rumi, Divan-i Kebir

Bei glücklichen Menschen fehlt die verrückte Gier. Doch in den Schulen in diesem Land wird man zur Habgier erzogen. Wie soll nun eine schöne Welt entstehen? Es ist unmöglich. Es ist des weißen Mannes denken. Zum Teufel mit ihm.

„Aber wenn du mich wie eine Flöte spielst, verwandelt mich dein Atem in göttliche Melodien."

Rumi, Divan-i Kebir

Wo sind die Blumen geblieben? Die *schönen Menschen der Existenz.* Die Propheten, die Dichter und Denker. Wo sind sie nur geblieben? Ich kann sie nicht mehr finden unter den Lebenden. Nur noch in Büchern sind sie lebendig.

Dann reden Engel zu mir und sagen, dass sie in dieser grausamen Welt erstickt wurden. Niemand hat die Blumen gesehen. Niemand mag von ihnen gehört haben. Sie sind erstickt und gestorben. Sie hängen alle am Kreuz der Masse. Die Blumen sind erstickt an der Eigensucht der Menschen. Sie wurden zertreten in all den Kriegen um die Götter des Geldes. Diese wunderschönen Blumen kamen aus schönen Welten um den Menschen Licht zu spenden doch sie sind nun weit weg gezogen.

Das Ende der Menschheit wird das Karma sein für diese grausamen Taten an den Blumen. Der weiße Mensch hasst die Blumen, seit er Denken kann.

„Dein Blick taumelt umher wie ein Betrunkener und stiehlt Herzen."

Rumi, Divan-i Kebir

Menschen sind wie Raubtiere hier. Immer auf der Jagd nach Besitz und Genuss. Brot und Spiele, so lautet ihre Versklavung. Frei meinen sie zu sein, doch fest liegen sie an der Kette ihrer Gier. Hier an diesem Ort triumphieren die unmenschlichen Instinkte des Menschen. Gier, Egoismus, Heuchelei, Missbrauch der Macht. Ohnmächtig sitze ich unter ihnen. Diese Art Mensch, sie sind einfach zu viele. Kopfschmerzen plagen die Tage unter ihnen.

„Ich bin deine Flöte, betrunken von deinen Melodien. Wenn du bereits betrunken bist, warum willst du woandershin gehen?"

Rumi, Divan-i Kebir

Oh armes Wohlstandskind. Du tust mir so leid. Du weißt nämlich gar nichts. Du hast alles, doch du siehst überhaupt nicht glücklich aus. Deine Maske kann ich ganz leicht durchschauen. Mach dir nichts vor. Das Leben liebt dich nicht. Weil du gegen seine Gesetze verstößt.

Tot sind die Dinge und Menschen um dich, genau wie du. Du kannst mit deinem Reichtum keine Liebe eintauschen. Du bezahlst für Liebe, und doch ist es am Ende immer nur Prostitution. Die Frau an deiner Seite und all dein Reichtum sind geklaut und gekauft.

„Wenn du arm bist, wirst du dann die lieben, die alles im Überfluss haben und nicht teilen wollen? Du wirst lernen, die Reichen zu hassen. Ich fürchte das geschieht in vielen Ländern."

Phil Bosmans

Mein Herz schmerzt wenn ich durch die Straßen spazieren gehe. Ein alter Mann liegt auf der Straße. Doch die Menschen gehen an ihm vorbei. Sie sehen ihn nicht. Keiner hat sich nach ihm umgesehen. Und dies nennt sich moderne Welt? Dies nennt sich Demokratie? Das Bild des alten Mannes lässt mich einfach nicht los. Kein Schlaf in Sicht heute Nacht. Tot ist diese Kultur, wo dieser alte Menschen gestorben ist. Warum hat keiner diesen Menschen fallen sehen? Doch zu den Reichen wird aufgesehen, zu den dummen Profisportlern. Zu den Vorgesetzten, da ist man Gehorsam. Warum hat keiner dem Mann aufgeholfen? Die Masse unterwirft sich jeden Tag der Macht. Bei den Schwachen schaut man weg. Mord war dies. Mord der Masse.

„Sag mir, ob du das Geheimnis meines kleinen, schlitzäugigen Türken kennst?"

Rumi, Divan-i Kebir

Die Sprache in den Städten ist kalt und hart. Voller Drohung und Gewalt. Wieso keine Sprache der Wärme, Sanftmut und zarter Güte zu hören?

Es müssen die Herzen sein, die verdunkelt sind. Städte sind überfüllt, doch kennt niemand kennt Niemanden. Mein Gehirn kann dies nicht mehr ertragen. Keiner scheint bereit zu sein *zur Liebe* zu werden.

Jeder gibt dem anderen die Schuld. Doch wo ist nur der Frühling des Herzens geblieben? Ich habe sie gestern getroffen, in einer stillen Gasse. Sie war traurig. Die Menschen widmen sich der Entdeckungen der jüngsten Zeit. Dem Roboter sein, der Technologie. Sie sind keine Entdeckungen der Weisheit. Nein, Geschwindigkeit und Hast werden uns dem Glück nicht näher bringen. Es ist nicht Natürlich.

„Wenn du ein wahrer Suchender des Geheimnisses des Herzens bist, dann wird Schamseddin, der Grösste aller Grossen, dein Geliebter.“

Rumi, Divan-i Kebir

Nein, die Welt ist nicht finster, es sind die Menschen. Die Schönheit wurde überfallen von den Menschen voller Kälte. Wie Ameisen in Kaufhäusern zertrampeln sie sich gegenseitig. In Zügen und Bussen, in Wohnblocks und Hochhäusern. Menschen ohne Gesicht. Doch man sieht alles anders und viel besser mit Augen, die geweint haben.

So weine ich jeden Tag um die Menschen und die Sicht wird klarer. Denn da draußen Herrschen unmenschliche Strukturen. Die Großstädte sind das Abbild des wildesten Dschungels. Dort herrscht die Tyrannei des Stärksten, des Brutalsten. Dies sind die Gesetze der Wirtschaft. *Die anonyme Autorität, der man Gehorsam ist.*

„Wenn du dann in das Meer von Schamseddin fällst, werden dir die Lichter der ganzen Welt erscheinen."

Rumi, Divan-i Kebir

Das Herz wurde an den Luxus verkauft. Für vergängliche Drogen. Und immer noch sitze ich an der Frage fest. Warum halten die Menschen die Liebe nicht durch, und möchten sie nicht in ihrem Leben haben. Wieso ist dies so schwer?

Ich sehe eine Gesellschaft, in der Menschen fertiggemacht und kaltlächelnd zertreten werden. Die modernen Barbaren sind elegante Damen und Herren in glänzenden Büros. Sie regieren mit Unterschriften. In der Finanzwelt sitzen Barbaren, die darauf spezialisiert sind, die Kleinen und Schwachen zu treten.

*„Die Gläubigen haben in ihren letzten Atemzügen Angst
vor der Trennung von ihrem Glauben. Meine einzige Angst
ist die Trennung von dir. Geh nicht."*

Rumi, Divan-i Kebir

Gefragt in ihrer Welt ist nicht das Dienen sondern die Examen und Diplome, die Titel, der Ehrgeiz. Gefragt ist das Leistungsvermögen. Menschliche Gefühle sind dort nicht gefragt.

Aufmerksamkeit für Menschen in Not deutet von Schwäche. Bürokraten ohne jegliches Mitgefühl. Nein, sie haben keine Seele. Sie wurde vor langer Zeit verkauft.

Das traurige, die Guten haben keine Macht. Macht haben die Bestien in allen Ebenen, die noch immer so tun, als wären die Güter der Erde ihr Privateigentum. Doch dies ist gegen Gott, gegen das Göttliche. Sie wird viel Leid treffen.

„Nacht ist es, ach dass ich Licht sein muss. Und Durst nach Nächtigem. Und Einsamkeit. Nacht ist es nun, nun bricht wie ein Born aus mir mein Verlagen, nach Rede verlangt mich.“

Friedrich Nietzsche

Vergiss die schönen Tage nicht, *Oh Geliebte*. Sie sind unser größter Schatz. Wir lachten und tanzten. Wir weinten und sorgten uns wie ein Kind. Wenn du unglücklich bist, denke an die schönen Tage. Was soll ich sagen?

Die Welt wird von minderwertigen Wesen regiert. Es ist das Schicksal der Liebenden gekreuzigt zu werden. So gehe ich voller Stolz und Ehre ans Kreuz.

Vergiss die schönen Tage nicht. Sie sind unser Beweis dafür, dass die Liebe gesiegt hast, egal wie groß ihre weltlichen Reichtümer sind.

Vergiss die schönen Tage nicht, sie kehren womöglich niemals wieder. Doch in anderen Welten werden all diese schönen Liebesgeschichten fortgesetzt werden. Diese Welt besteht nicht nur aus diesem einen Leben. Alles wird gut, ich kehre zur Göttlichkeit zurück.

„Vergiss die schönen Tage nicht, Oh Geliebte.“

„Wo immer es eine mondgesichtige, nach Moschus Duftende gibt, die nach weinenden Liebenden sucht."

Rumi, Divan-i Kebir

Schulen produzieren Roboter. Das Gehirn vollgestopft, doch das Herz entleert. Bankrott ist die Gesellschaft gegangen, aufgrund der Schulen. Dort dreht sich alles um Zahlen. Die Erwachsenen reden nur über Zahlen.

Wenn sie jemanden kennenlernen fragen sie, wie viel jemand besitzt oder verdient, wie viel Titel er hat. So beschränkt sind die Erwachsenen. Sie reden über Autos und Häuser.

Doch *Kinder* sind nicht so. Sie reden von Schmetterlingen, über Spielen. Sie fragen über die Tauben und die Kanarienvögel. Große Leute verstehen nichts vom Leben. Sie sind nur am Reden. Leeres Gerede. Darum haben die Kinder viel Geduld mit den Großen.

„Ich liebe den, dessen Seele tief ist auch in der Verwundung, und der an einem kleinen Erlebnisse zugrunde gehen kann. So geht er gern über die Brücke."

Friedrich Nietzsche

Fuß aufs Gas und immer weiter schneller. So handelt die Masse. Eine Zigarette nach der anderen. Der *Frühling* ihren Welten fern. Die Reichen schämen sich nicht ihres geklauten Reichtums. Wie können sie nachts nur ruhig schlafen?

„Gott ist die Erfindung der Unweisen, nicht der Weisen."

Osho

Menschen beten weil sie nicht Lieben können. Gebet heißt lieben im echten Leben, doch sie sind zu schwach um dies zu können. So ist ihr Wunsch Gott zu betrügen. Mein Verbrechen war Menschen zu Löwen zu machen statt Schafe, deswegen bin ich ein Verbrecher.

„Es ist immer etwas Wahnsinn in der Liebe. Es ist aber immer auch etwas Vernunft im Wahnsinn.“

Friedrich Nietzsche

Der *Dichter* ist mächtig. Deswegen der Hass auf ihn. Er hat schöne Melodien und Lieder anzubieten auf seiner traurigen Flöte. Schöne Lieder sind mächtiger als Atomwaffen. Der *Dichter* ist mächtiger als die Präsidenten der Länder, weil der Dichter Leben erschafft und die Präsidenten nur zerstören können.

Der *Dichter* möchte keine Herrschaft über andere. Er teilt sein Herz, seine Melodie, seine Lieder mit anderen. Er ist der wirkliche Kaiser der Welt, doch gewöhnliche Augen können dies nicht sehen. Er mag ein Niemand sein, doch trifft er das Herz der Menschheit.

„Hebe nicht den Arm gegen sie. Unzählbar sind sie, und es nicht dein Los, Fliegenwedel zu sein."

Friedrich Nietzsche

Ihr habt uns in Müllhalden gesteckt. Wir haben Blumen gepflanzt. Wir sind die Lotusblumen. Denn der Schaffende kann nicht der Menge angehören. So haben wir Spott und Ausgrenzung erfahren, doch immer nur Blumen gepflanzt. Umso mehr ihr uns ausgegrenzt und *Fremde* genannt habt, umso mehr haben wir Blumen gepflanzt.

„Nacht ist es nun. Nun erwachen alle Lieder der Liebenden.
Und auch meine Seele ist das Lied eines Liebenden."

Das Nachtlied

Wieso machen die Menschen so ein böses Gesicht wenn sie mal die Bahn verpassen und ein Stück laufen müssen? Warum sind sie am Schimpfen wenn sie mal in der Schlange anstehen müssen oder durch den Regen laufen müssen? Es gibt Menschen, die wären glücklich wenn sie laufen könnten oder an der Schlange anstehen könnten. Wieso werden Menschen wütend wenn sie ihr Essen nicht pünktlich verzehren können? Menschen sind komische Leute. Krankhafte Selbstsucht ist ihre Diagnose.

„Er füllte unsere Mägen vom Brunnen der Seele."

Rumi, Divan-Kebir

Ich such jeden Tag auf's Neue nach *Dichtern.* Doch steinhart die Augen und Gesichter. Wie kam nur Geld zum höchsten Werte? Doch alles was in mir steckt, ist auch in euch? Oder irre ich mich gewaltig? Womöglich kann nicht jeder zum Dichter werden.

„Vielleicht bin ich der einzige Mensch auf der Welt, der völlig durcheinander ist. Jeder scheint sich so sicher zu sein, außer mir."

Lao-Tse

Feinfühlende Wesen fühlen sich verwirrt. Mittelmäßige Menschen kommen ansonsten im Leben gut zurecht. Sie lächeln und freuen sich, sie häufen Geld an und kämpfen um Macht und Ruhm. Aber so ist es schon immer gewesen. Mittelmäßige Menschen sind sich immer sicher.

Es bleibt den intelligenteren Menschen vorbehalten, sich verwirrt und im Chaos zu fühlen. Ein intelligenter Mensch zögert, denkt nach, ist unsicher. Ein unintelligenter Mensch ist nie unsicher und zögert nie.

„Die Demokratie, die den Leuten dienen sollte, füllt die Taschen von Bankern, Zeitungsbaronen und anderen Milliardären. Die Banken sind ein Spielfeld für Abenteurer, die reich werden, auch wenn sie Milliarden verfeuern. Die Rolle anderer ist, ihre Rechnung zu bezahlen.“

Arno Gruen

Nur die Traurigkeit kann uns Geschenke geben, die dir keine Fröhlichkeit der Welt geben kann. Dafür ist sie zu flach. Traurigkeit ist sehr tief. In der Traurigkeit werden die schönsten Lieder gesungen. Sänger werden geboren. Wenn man die Traurigkeit nicht kennt, ist man arm dran. Nie wird so jemand reich werden im Geiste.

Die Traurigkeit folgt dem Leben, die Menschen ihren eigenen, künstlichen Gesetzen. Somit entsteht Widerstand. An diesem Ort hier, herrscht die westliche Mentalität. So weiß man nicht, wie man zur Liebe wird im Geiste. Man weiß allerdings ganz genau, wie man kämpft. Man ist Krieger und kämpft bis zum bitteren Ende. Selbst gegen den Tod kämpft man an. So hat man keine Chance in der Liebe zu gewinnen.

„Woher wollt ihr wissen, was ich durchmache. Wieso ich diese Bücher schreibe? Wenn ihr doch nicht fühlen könnt, woher wollt ihr dann wissen, was ich durchmache?"

Burak Tuncel

Sein oder Haben, dies ist die Frage aller Fragen. Ohne Mitgefühl für das Leid anderer, sind wir gefangen in einer Scheinwelt. Die Geschichte der modernen Welt ist die Geschichte der Unterdrückung unserer empathischen Natur. Das kognitive Denken herrscht, und das Herz bekommt keine Luft.

Es ist, als ob der Mensch selbst zum Feind des Menschen geworden ist. Zivilisation aufgebaut auf Herrschen, Spalten und Unterdrücken.

Die Gebetsrichtung der modernen Zivilisation ist das Geld. In einer Kultur des Gehorsam, erwartet man Erlöst zu werden von seinen Herren. So ist Selbstbetrug zum Kriterium des Erfolgs geworden in der angeblich modernen Welt hier. Wettbewerb und Leistung zerstören alles Schöne. Darum sind Menschen so gefürchtet die von der Liebe sprechen. Sie müssen verachtet und bekämpft werden.

„Die Welt wird nicht von Menschen bedroht, die böse sind, sondern von denen, die das Böse zulassen."

Albert Einstein

Die männliche Ideologie herrscht Hierzulande. Das Streben nach Profit hat religiöse Züge angenommen, und ist zu einem neuen Glauben angewachsen, der alle Bereiche des Lebens übernommen hat.

Kosten und Nutzen sind die Rituale dieser Religion. Überall bestimmen die wirtschaftlichen Aspekte. Man liebt es hier, andere Menschen zu spalten. Das Maß des Erfolgs ist Geld. Nichts anderes zählt hier. Traurige Welt hier. Eine wirkliche Erneuerung der Gesellschaft wird nur möglich, wenn Empathie die Basis allen Seins bildet.

Zu Leistung und Wettbewerb erziehen uns die Schulen. Dies schürt Gewalt. Schon als Kinder lernen die Kinder den Neid gegen andere Rivalen. Doch man tut so, als wäre die Schule ein Ort der Bildung. Ein Ort der Heuchelei. Das ist die Gewalt , die nicht als solche erkannt wird und dennoch Opfer hervorruft.

„Der nächste Tag wird aus dem heutigen Tag geboren. Warum sich also Sorgen machen, wenn heute ein so schöner, ein so segensreicher Tag ist?"

Osho

Die gewalttätigen Extremisten sind genauso ein Produkt zivilisierter Zwänge, wie die friedlichen, angepassten, aber verhüllt agierender Gewalttäter. Der berechtigte und legitime Wettbewerb und den Profit als heiliges Ziel lässt Gewalt entstehen.

Jedoch zählt die Gier hier in diesem Land als berechtigte menschliche Motivation und das Menschliche gerät in den Hintergrund. Sie gaukeln und vor mitmenschlich zu sein und über unsere Zukunft nachzudenken. Doch sie legitimieren die Gewalt der Geld Welt Religion. Solche Menschen benutzen das Leben um andere zu zerstören, weil sie selbst keine Seele mehr haben.

Mitgefühl und Liebe sind verpönt hier an diesem Ort, es würde die Freiheit des Wettbewerbs in Frage stellen. Und dies kann die Masse nicht dulden. Denn dies würde heißen, dass sie auf dem falschen Weg sein würden und ihre Vorfahren auch. So bleiben sie der Lüge haften. Liebe und Empathie werden als etwas gesehen, dass zerstörerisch ist.

„Die Natur selbst hat mir Tränendrüsen gegeben. Die Natur verhält sich wie eine Frau. Dafür bin ich nicht verantwortlich. Ich genieße einfach meine Natur. Ich habe das Recht auf Tränen."

Osho

Die Tragödie der heutigen Zeit ist, dass die *anonyme Autorität* uns Menschen beherrscht. Sie diktiert die Themen, die wir debattieren sollen, und wir denken, es wäre unsere eigene, freie Meinung, doch dies wird uns alles von außen suggeriert.

Der Verstand wird zu stark ausgebildet, und das Herz verkümmert. Die Gesellschaft liebt es, die Menschen schizophren zu machen. All die Moralaposteln und Wohltäter, sie sind für die Kriege verantwortlich. Diese Menschen sprechen schöne Worte, doch sie vertrauen nicht dem Leben. Sie vertrauen nur auf Regeln und Gesetze.

Sie vertrauen der Polizei und den Gerichten. Sie vertrauen darauf Angst und Gier zu erzeugen. Diese Leute haben den menschlichen Geist mit Angst und Gier manipuliert. Sie vertrauen nicht der Liebe. Sonst könnten sie nicht in Reichtum und Prunk leben, währen in dieser Welt Kinder verhungern und sterben.

„Die Gesellschaft will nicht, dass du ein Herzensmensch bist. Die Gesellschaft braucht Köpfe, keine Herzen.“

Osho

In einer von *Männern* geschaffenen Gesellschaft ist kein Platz für das Herz und das Feminine. So weine ich um diese Gesellschaft. Die Vernunft des Mannes hat die ganze Menschheit an den Rand des globalen Selbstmordes getrieben. Die männliche Vernunft hat die Natur zerstört. Sie hat uns wunderbare Maschinen beschert, aber sie hat die wunderbare Menschheit zerstört.

Der Weg des Mannes ist sicher und ohne jegliche Gefahr. All die Schulen und Universitäten folgen dem Weg des Mannes. Das Herz wird links liegen gelassen, währen der kalte Verstand nur an Zahlen interessiert ist. Das Sensible wird umgebracht. Schaut euch nur ein Kind in seiner Kindheit an, und dann wenn es die Schule verlassen hat. Er ist zu einem Roboter geworden, während er als Kind lebendig war.

„Nichts ist so erfolglos wie der Erfolg.“

Osho

Für Poeten und Dichter ist kein Platz in der *Republik*. Sie sind gefährliche Leute, sie bringen Widersprüche in die Welt. Sie träumen von unbeschreiblich, schönen Welten. Dies kann die Republik nicht dulden.

Die Worte der Dichter machen keinen Sinn für die Masse, so machen sie das Leben der Dichter zu einer Hölle, doch was sie nicht wissen, diese Hölle lässt Dichter und Poeten in die Höhen fliegen und ihre Kunst bekommt noch mehr Anmut und Tiefe. Alles ist miteinander im Einklang. Die Hässliche Masse fördert den schönen Dichter und macht die Poesie unsterblich.

„Die Gier ist immer das Ergebnis einer inneren Leere."

Erich Fromm

Man sagt den Menschen hier, dass man könne und tue was man wolle. Man wäre ja frei. Das einzige Ziel soll sein bei all dem Tun ist das Eigeninteresse. Die anonyme Autorität gibt die Befehle, falls man den Befehlen trotzt wird man Isoliert von der herrschenden Ordnung. Es ist sehr schwer, dies zu durchschauen für den gewöhnlichen Menschen, da diese anonyme Autorität nicht zu fassen ist, zu sehen ist. Der Mensch ist machtlos in dieser Ordnung, da er nur eine Nummer ist. Die Produktion, der Profit stehen an erster Reihe. Die Liebe kommt zuletzt.

„Die Bande, welche die Traurigkeit zwischen zwei Seelen knüpft, sind stärker als die Bande der Glückseligkeit. Und die Liebe, die mit Tränen besiegelt wird, bleibt ewig rein und schön.“

Khalil Gibran

Ich beobachte die Menschen, *bei Tag, und Nacht.* Die meisten von ihnen Leben ein Leben wo es nur zwei Elemente gibt, die ausgelebt werden. Dazwischen gibt es nur das Konsumieren. Diese Art von Mensch hat es auf die Schwachen abgesehen. Die Unterlegenen sind seine Beute. Beim Stärkeren jedoch ist man Gehorsam, den bewundert er. Die Lust an der Unterwerfung an etwas das Stärker ist, wurde zu einer Religion. So entziehen sich die meisten Leute ihrer Verantwortung dem Leben gegenüber.

Freiheit bedeutet immer Gefahr, so unterwirft man sich lieber anonymen Autoritäten und den Stärkeren. Diese Menschen kann man auch Bildlich beschreiben wie einen Radfahrer. Nach oben duckend, nach unten drückend. Er hat einen Genuss daran die Kleinen und Schwachen zu beherrschen und sich vor den Großen nicht nur zu ducken, sondern sie anzubeten, und auch sich mit ihnen zu identifizieren.

„Sollen wir die Liebe, die uns verband, als einen fremden Gast betrachten, der am Abend kann und am Morgen weiterging.?"

Khalil Gibran

Ich betrachte. Die Menschen konsumieren, feiern und sie denken sie wären frei. Sie folgen dem Denken des weißen Mannes, der die Indianer umbrachte. In diesem Denken gibt es keine Glückseligkeit und Freiheit. Da wird nur Spaltung und Leid verursacht.

Wieso denken die Menschen nicht nach? Wieso fürchten sie die Freiheit so sehr? Es gibt jene, die flüchten in die Religion, andere in den Konsum, oder andere in die Drogen. Doch dies sind alles nur Gefängnisse. Der Mensch fühlt sich ohnmächtig und dies weiß er auch. Er zieht sich die Maske des *Glücklich seins* an.

Er glaubt bewusst frei zu sein, in Wirklichkeit aber vollkommen manipuliert ist. Nicht nur in seiner Arbeit, sondern auch in seiner Freizeit, wo er glaubt er tut was er will, während in Wirklichkeit er das tut was in der Reklame oder in Gebräuchen wie es die anderen machen suggeriert wird.

„Sag mir Geliebter, was du für mich sein wirst, nachdem du das Licht meiner Augen warst, eine Melodie für meine Ohren und die Flügel meiner Seele? Was wirst du in Zukunft für mich sein?"

Khalil Gibran

Es herrscht das System der Anpassung in der gegenwärtigen, kapitalistischen Gesellschaft. Jeder weiß, falls er nicht angepasst ist, wenn er nicht funktioniert wie eine Maschine, wenn er nicht konsumiert und produziert, und wenn sein Denken von der herrschenden Norm abweicht.

Ja, so jemand wird die harte Hand der anonymen Autorität spüren. Die Masse ist die Polizei und der Anwalt dieser anonymen Autorität. All dies passiert im Namen der Freiheit, obwohl man bis zum Hals in Ketten angelegt ist. Und diese Art der anonymen Autorität ist viel gefährlicher als eine offene Autorität. Sie ist viel wirkvoller und man fühlt sich pseudohaft frei. Denn wer kann denn kämpfen gegen jemand der Unbekannt ist, oder unsichtbar!

Von dem man gar nicht weiß, ob er überhaupt etwas befiehlt. So ist alles unter Kontrolle in den Strukturen dieser Gesellschaft und wenig Spielraum für Freiheit vorhanden. Die anonyme Autorität ist viel gefährlicher als die Offene. Da Auflehnung viel schwieriger ist, weil sie den Menschen täuscht, weil die Menschen glauben, sie wären frei und würden keine Befehle bekommen.

„Ich werde dich lieben, Salma, wie die Felder den Frühling lieben. Ich werde in dir leben, wie die Blumen in den Strahlen der Sonne leben. Ich werde an dich denken, Salma, wie der Flüchtling an seine Heimat denkt, wie sich der Hungrige an ein Festmahl erinnert.“

Khalil Gibran

Oh heiliges kritisches Denken, *ich liebe deine Lieder.* Wie selig der kritisch Denken kann, der Forschen und Suchen kann. Kritisches Denken leider verboten hierzulande. Die einzigen die noch kritisch Denken sind, sind die Kinder und Verrückten. Jene die ihre geistige Gesundheit verloren haben. *Selig sind jene.*

Es gab mal einen Dichter. Tief waren seine Blicke, gütig das Herz. So machte sich der Dichter auf zu seinem letzten Gedicht. Er sollte über die Blumen sein letztes Gedicht schreiben. Doch dafür musste er mit den Blumen eine Weile leben um ihre Seele näher kennen zu lernen.

So saß er bei Tag und Nacht mit den Blumen. Er sah wie die Knospen aufblühten. So kamen Menschen am Dichter vorbei um zu sehen, was er so machte. So redete die Masse, „Wir dürfen ihn nicht stören. Er ist mit dem Blumengarten so verwachsen, dass wir manchmal wenn wir in seine Nähe kommen, gar nicht merken, dass ein Mann da ist. Er ist einfach wie ein Baum geworden. Er ist immer noch in die Betrachtung versunken." So saß der Dichter über viele Jahre bei den Blumen. Sein Herbst und Winter waren gekommen. Die Menschen urteilten über den Dichter und sagten er wäre krank geworden. Doch dann kam eine Frau vorbei. Voller unendlicher Zärtlichkeit blickte sie den Dichter an und sprach, „Nun Dichte bitte nicht mehr, denn du bist wie eine Blume geworden. Ich sehe in dir alle Blumen, die ich je gesehen habe. In deinen Augen, deinen Gesten, deinen Bewegungen bist du einfach wie eine Blume geworden." So blickte der Dichter ein letztes Mal zu der Frau, die als einzige an ihn glaubte und bei ihm war, als alle diesen wunderschönen Dichter verstoßen hatten. So sprach der Dichter ein letztes Mal in dieser Welt und ging hinüber ans andere Ufer. „Ich bin auf diese Welt gekommen um zu Dichten, doch die Dichtung zieht nun in ferne Länder. Denn der Mann der vorhatte Gedichte zu schreiben, ist nicht mehr da."

„Er wurde zu einer Blume:"

„Wir müssen zu den Armen gehen, um echte Gastfreundschaft zu finden. Der Arme wird dich in seine armselige Hütte aus Lehm und Blech und Pappe einladen und fortwährend sagen. Mein Haus ist dein Haus. Du musst da Tee trinken, du musst da Essen. Und wird es Abend, lässt er dich nicht gehen. Du musst da schlafen. Er wird die beste Matte für dich ausbreiten, und weiß Gott, wo er selber bleibt. Und wenn dieser Arme dann nach Europa kommt, findet er in unseren Städten das Schild: „Arme und Fremde unerwünscht." So macht sich der Arme und Fremde wieder auf den Weg zu seiner armseligen Hütte aus Lehm und Blech und Pappe."

Es hätte Alles so schön werden können

71

Danksagung

Liebster Bruder, ich danke dir für dein Geschenk, arm ist der Beutel dieses Dichters und leer seine Taschen. Ohne dich hätte ich nicht die Mittel gehabt um weiter zu Dichten und Schreiben, doch du hast mir vertraut und dank deiner Güte konnte ich dieses Buch zu Ende schreiben. Es lag mir wirklich sehr viel daran, nein besser formuliert, mein Leben hängt daran, wie es Shakespeare formulierte. Wie schön, dass die Existenz dich als meinen Bruder auserwählt hat. Wie glücklich, dass wir uns kennen lernen durften in diesem Leben. Du bist ein wahrer Held.

Liebste Schwester, du bist nun Mama, und in meinen Augen die schönste Mutter der Welt. Voller Anmut und Schönheit, eine wundervolle Indianermama. Möget ihr mit unserer Prinzessin ein schönes Leben haben. Selig ist der Schoß der euch beide Geschwister trug und die Brust die euch stillte. Und Selig der Papa der uns Ernährte und beschützte.

„Wir haben Sünden nötig. Sonst keine zärtlichen Töne. So werden wir zu Meistersängern. So entstehen unsere Symphonien. Die Lieder der Nächte singen wir zusammen mit den Prostituierten. So wird das Gift zu unsrer Arznei. So werden die Prostituierten geheilt, und wir Liebenden übernehmen ihre Dienste. Ihnen soll es gut gehen, wir Dichter nehmen das Leid auf uns. Die Nacht unser Hafen. Musik. Oh, Musik. Die Musik der Nacht verstößt euren Marktplatz, wo all die Prostitution produziert wird. Ein großer Mensch wird gestoßen und somit hinaufgemartert zur Schönheit, am Ende der Geschichte."

Burak Tuncel

Herstellung und Verlag:
BoD – Books on Demand, Norderstedt
ISBN: 978-3-7519-0301-1